癌人《ガンマン》のうた

荒巻和雄　遺歌集

著者遺影

癌人《ガンマン》のうた＊目次

装幀　日本ハイコムデザイン室

荒巻和雄遺歌集

癌人のうた

題詠（平成二十年）

禁煙の自信が無くて備へむとタスポを作る用紙を求む

待ち待ちしタスポ届けり自販機に当てて一個の煙草を落とす

いまだ咲く花は花とし芽吹きたる緑をひろぐ桜の枝は
瑠璃色の空をそびらにこまやかな緑葉吹きたり銀杏並木は
仰ぎたる公孫樹若葉に隠れつつ土鳩が一羽ひもじく鳴けり

題詠の「流」ひと文字に思ひ出て「不易流行」を辞書にたしかむ

七十路

窓開けて顔を出すなりうなかぶし煙草を吸ふと夜をいくたびも

身に余る長き箒に庭を掃く低学年児の懸命を見ぬ

七十路に入りて集まる九人の肥満に痩軀、禿頭、坊主

友と来し黒川温泉「奥の湯」は山法師咲く雨の夕べを

雨ながら咲く山法師明るくて夕べ河鹿のひと声も欲し

花虻

友の吹く篠笛の音に渓川の瀬鳴りかそけくひびき合ひたり

芍薬の大き一輪撮らむとし花虻追へど追へどまた寄る

雪の下ホタル袋の咲き満ちて小庭なれども茫々と佳し

青虫がけさは蛹にかはりたり羽化待つばかり目が放せない

かんなりのとどろく夕べ姫合歓のつぼみひとつがほぐれそめたり

膝小僧交互に高くおしあげて女子高生が自転車に来る

年金のほかに所得のありしゆゑ健保負担が三割となる

マイカーに潜みゐし蚊が存分に足の血吸へど運転中なり

満腹となりて動けぬ足の蚊を駐車場にて一気に潰す

ふるひたる土やはらかし指に押し太き十個のチューリップ埋む

蟷螂（平成二十一年）

こほろぎの声きこえきて携帯の受信の音と間違へにけり

蟷螂に押さへられたる黒揚羽凌霄花に一期を迎ふ

ていねいに繰り返しつつ烏骨鶏が時をつくれり午前三時を

色づけるフォックスフェイス刈り取りて小庭あまねく秋の日の照る

小庭より吹き寄せられて軒下に落葉の溜まる秋は来にけり

秋の夜の口寂しさに手を伸ばす「ボンタンアメ」へ「兵六餅《ひやうろくもち》」へ

くろぐろと蟻のたかれる蟷螂の死亡時刻はいつとも分ず

プラスチックの「プラ」がまさしく「タラ」に見えこの衰へし視力で生きる

軒下に日向ぼこする蟷螂よともに迎へむ丑年近し

木蓮

復ち返る思ひこそすれ霜を置く莟に朝の日は差して来て

音ひとつたちたる見れば木蓮の厚き落葉がはづみてゐたり

木蓮の固き落葉に降る雨をこもりつつ聞く春を迎へて

浜松町駅の近くにぽつねんと「宮崎牛」の看板掛かる

このごろは眉毛からさへはらはらと雲脂が散るなり老いをふかめて

眉尻に謀反を起こす一本の眉毛をぬらしなでつけにけり

あるいのち一年ごとの更新にながらへむかな癌がひそめば

糞二つ落として鵯は臘梅の枝より赤き千両へゆく

木蓮のつぼみふくらむ早春の空深きかな噓を誘ふ

去年ゐたる猫は見かけず本堂のストーブに寄りひとり僧待つ

むかひあふ和尚の説教ただひとり聞くほかはなく有難過ぎぬ

木蓮の痛々しけれことごとく蕾の先は鵯に喰はれて

隣より烏骨鶏鳴く昼下がり生みたて卵が届きさうなり

桜餅

桜餅買ひに出かけし妻を待つ腰痛かこつ草取りやめて

谷あひの曲がり曲がりに桜咲く球磨川沿ひの村を見て過ぐ

舞ひ上がりはたまた光り散らふあり熊本城に桜は満ちて

せとぎはの癌人《ガンマン》ならばその癌を仕留むべしとふ励ましに遇ふ

まなぶたに伸びし眉毛のかかるゆゑ髪はなけれど掻き揚ぐるかな

採寸の店員と妻が短足を異口同音に慰めくれぬ

メタボリック症候群と愚痴ながら鳥刺しを喰ひ飲む友憎む

古稀過ぎて筋肉までは望まねど体重が欲し胃の切除後を

母の爪

縁側に五月の風を浴みながら九十六歳の母の爪切る

兵六餅の歯応へよきを愛しめど歯根がそぞろ揺らぎ始めぬ

レントゲン撮影すると後ろよりくの字の背《せな》を二度ただされぬ

をりをりの気分のままに剪り込みて悪しき樹形の梔子咲きぬ

反抗しなびかぬ眉毛一本を鏡を見つつ切り捨てにけり

一日の歩数足りぬと万歩計佩きて鳥皮買ひに妻出づ

鳥皮の串焼き二本定番の晩酌なれど脂肪もつかぬ

脈絡も無き屁理屈を放ちたる母が口開け午睡に落ちぬ

かにかくに老いてゆくらむ疾く起きて午睡むさぼる日癖がつきぬ

高校のクラス会なり月一度話題なけれど飲むために寄る

秋来ぬと（平成二十二年）

皺みたる翅を伸しつつおもむろに脱皮の蟬は色づきにけり

体重の目減りやうやく止まりたり日々の残暑も徐々にうすれて

秋来ぬと目にはさやかに見えねどもボラギノールがかたくなりたり

※ボラギノール…痔の軟膏

夜の窓にことしの夏は出でざりし家守を思ふこほろぎ聞きて

抗癌剤点滴のころ金木犀かをりてゐたり七年前に

七十路を余りて二年癌人《ガンマン》の悪運強きを喜びとせむ

帰省せし妻が土産の渋柿を二人競ひて縁側に剝く

縁側にあふれむばかりの日は差して籠いつぱいの柿は照り合ふ

出で湯

妻と組むテニスはけふも一勝のみ出で湯につかりほとびて帰る

電線を走りて落つる一滴の雨に撃たれて襟首寒し

ゆくりなく庭に出会ひしかの狸この新春をいづくに過ぐす

点滴の続きて母は食欲の失せしか嚥下を忘れ果てたり

石蕗の花一本を残すのみ庭の面寂びて歳晩近し

若草の妻も糟糠の時を経て女孫三人に会ふを待つなり

筒竹を一本通す手握りの太き竹輪をかじりて飲みぬ

焼酎うまし

ひぞりたる厚き落葉に置く霜の輝きにけり年あらたまる

キッチンの扉のネジを付け替へて株を上げたり焼酎うまし

「蠟梅ももうをはりだね」どんざ着る妻がつぶやく二月迎へて
※どんざ…綿入れ半纏

桜島ズシンと家を揺らしたり胃の腑の癌のマグマいつ噴く

切除して小さき胃ゆゑ内視鏡直ぐに終へたり噎せ苦しめど

木蓮の梢のつぼみをことごとく喰ひ荒らしたりひよどりの来て

母

三ヶ月マスク外さぬ看護師へ手首を振りて母転院す

点滴のほかはすべなきたらちねの母の息の緒日にけに細る

夜のとばり下りたる八時半すぎて母の呼吸はつひに止みたり

目の力衰へしるく「帰りたい」母の最期の言葉となりき

ひと月のいのちなりけり介護療養型医療施設に移りて母は

ベッドにて窓越しに咲くアマドコロ見てゐし母の面影がたつ

傘さして夕べを歩く雨の日も一万歩ほどはカウントせむと

もぞもぞと蜥蜴出できて石の上に腹あたたむる夏は来にけり

鉛筆は使はざるゆゑ錆びたれどわが家に肥後守がまだ在す

口蹄疫

口蹄疫非常事態に宮崎は戦下のごとし灯火はあれど

目に痛きまでに畜舎は石灰を厚く撒きたり人寄せつけず

敷き詰めし消石灰に孤絶して畜舎に牛の豚の声なし

始まりに鶏インフルエンザあり口蹄疫に一期終ふるかわが県知事は

牛豚の二十万頭殺処分想像越ゆる現実進む

口蹄疫の非常事態を宣言する知事の涙の声を聞き止む

宮崎は「中止」「自粛」の相次ぎて閉塞感あり口蹄疫に

殺処分されたる牛を埋める穴底ひに小さき白衣が動く

武雄の荒踊り

さからへるみみづを咥へ首振りて蜥蜴は少し少しづつ呑む

伸びはやき姫合歓の枝咲く花を待てず切りたり狭き庭ゆゑ

麦酒また饂飩拉麺喉越しの味あぢはへず胃切除後は

よく噛んで時間をかけてと言はるれど飯はまだしも饂飩は駄目だ

彼岸花咲くとし見れば黄金の稲穂波打つ佐賀路に入る

昼食のメニューに選び佐賀牛の舌にとろける焼肉を食ぶ

伝統を継がむ少年少女等が武雄の荒踊りてらひなく見す

プランター（平成二十三年）

プランターに一列なれど夏去ると朝をそろひて韮の花咲く

生垣に秋の日けぶる昼下がり脚長蜂がせはしなく飛ぶ

忘れては困るとばかり茎立てて彼岸花咲く残暑の庭に

合点して煙管をぽんと打ち鳴らす端居もよけれ思案はなけど

雨の日を所在なければ宮崎の「豊吉うどん」へと妻に従ふ

容疑者へ煙草一本差し出して自供を誘ふ間合ひもありき

「てきぱきと仕事をこなす夫」と詠む妻に乗せられ生かされてゐる

採血

槇に付くキオビエダシャク飛び交ひて衰へ知らず師走なかばを

時代劇チャンネルもはら見て来しが「鬼平さん」にもつひに飽きたり

採血に差し出だす腕恥ぢらへり皺波の寄り艶なき腕を

昨夜飲みし焼酎いかがと検血のγGTPの数値を見守る

母逝きて夫婦ふたりの日常につつがなありそ年あらたまる

卓袱台の一輪挿しに千両のひと枝活けて年新たなり

ともかくもこの一年を生き抜かむ胃の腑に腎にメス痕あれど

葉牡丹も千両の実も喰ひつくし今年の鵯はもう来ないだらう

火山灰

北国に降り積もる雪思ひつつ三和土の粗き火山灰《よな》を掻き寄す

セキレイの走りたる跡あらはなり火山灰積もりたる舗道の上に

北西の風に乗りきてまたたくま庭に植木に火山灰厚く積む

窓ぎはに障子の桟に手触れてはうすくつもれる火山灰を確かむ

庭先の火山灰にまみれる葉牡丹に青虫二匹つつがなく生く

午後三時コーヒー一杯飲みましたさあ雨樋の火山灰を落とさう

灯の下にライター六つ転がりて夜更けの机上乱雑きはむ

砂利を敷く庭に降りたる火山灰 篩《ふるひ》腰に膏薬貼る日の続く

降灰にめげることなく日々のびてショカッサイ咲く風冷たけど

物置

「済みました。お疲れさま」と言はれしがＭＲＩより起き上がれない

遠ざかる始発電車か聞こえ来て朝の目覚めの早くなりたり

物置の桟にひと竿川釣りに行く日もなけど捨てがたく旧る

焼酎は嫌ひと言はむばかりなり漬けたる梅が瓶にあぎとふ

高校の三年間の級友ゐて胃癌切除のトリオが出来ぬ

みづからの重みに伏して乱れたり花つらなめる蛍袋は

梅雨に入り繁くなりたる石蕗をいぶせくなりて抜きてしまへり

降り続く雨に打たるる花菖蒲開く間もなく首を折るなり

鰭ゆりて向きを変へたるたまゆらを金魚の胴の輝きにけり

右腎盂摘出よりの十年を低塩食にひもじく生きる

眼が合ひしのみにふためく守宮君去らずともよし草屋を守れ

これやこのわが家に居着く守宮なり掃くその先を逃げ惑ひつつ

盂蘭盆

妻残るその日思ひて生垣も花木も低く刈り込みにけり

スクリーンにてさんざ煙草を咥へゐし石原軍団が禁煙勧む

盂蘭盆に帰省の子等をもてなすと思案の妻に恙あらすな

盂蘭盆に孫子三代十一人寄りて残暑をさらに暑くす

耳鳴りが復活したり盂蘭盆に帰省の子等のみな引き揚げて

盂蘭盆に帰省の子等も引き揚げて虚脱の妻がいびきをかけり

安産祈願（平成二十四年）

物干しに吊す風鈴錆びたるが渇きたるごとかぼそく鳴れり

秋来ると錆びたる風鈴仕舞ふなりリンと鳴らむをただにつかみて

朝より降りみ降らずみ久方の雨に桔梗の紫ふかし

日南の海岸線は伊勢海老の幟はためき秋日和なり

懐妊の子の安産を祈願して海辺の小さき社に詣づ

伊勢海老を喰はむと待てる人多く腰曲がるほど待たされてゐる

厚く積む火山灰より出でて彼岸花彼岸を前に咲きをへにけり

熟柿

はびこれる庭草むらに一輪の桔梗涼しくひらきてゐたり

値崩れの熟柿そろそろ出るころと街外れなるスーパーへ行く

スプーンもてとろみをすくひ食すなり朝冷たき熟柿を割りて

シャボン玉飛ばずに消えし彼の秋の思ひは未だ裡深くあり

孫生れてめでたけれども爺の貌老いさびれたり申し訳なし

おほぎやうにＴＰＰは言はねども真実食の安全を請ふ

新春をポータブルナビにて遊びつつ宮崎道は渋滞の無し

鶫は来ずメジロも見えず金柑も千両の実も年越して照る

持ち込みしビールはすべて飲み干して正月帰省の子は引揚げぬ

後期高齢者医療被保険者証が届きたり三割負担の文字が大きい

ひとりまた同級生を亡くしたり胃癌切除のトリオなりしが

風なくて穏しき冬の空があり少年の日は麦を踏みゐき

音たゆく練習機巡る冬の空〈櫻に錨〉を思ひ起こせり

いくたびもひとりうなづき念を押す「気象予報」の渡辺蘭は

後期高齢

樋を漏れ三和土を打てる雨の音間遠く聞こえ春が近づく

卓上に三本活けし水仙が微かにふるへ地震が過ぎたり

顔面に肝斑出でてあぢけなく後期高齢もいたしかたなし

薹立ちて花を咲かせる葉牡丹が春の疾風に斜塔のごとし

木蓮の花が無傷にひらきたり憎きヒヨドリ今年は見えず

歌会

をちこちに花見の宴にぎはひて歌会開くわれら異端者

車座に開く歌会盛んなる桜の花を時に仰ぎて

生れし孫昼夜を問はず容赦なく力いっぱい本気で泣けり

舌癌を見つけてくれし耳鼻科医の友も吾より早く逝きたり

幾たびか見舞ひて呉れし歌の友休詠すると言ひゐしが逝く

筑紫野は麦の秋なりひろびろと懐かしき黄の車窓を移る

ひとところ水面騒立つ餌を取ると鯉が蝟集し鰭打ち合ひて

参りたる宗像宮に第一番大吉といふおみくじ当たる

未知の国ノルウェー産なり一枚の鯵の開きを朝いただく

孫

女の孫に男孫一人の加はれる盆の帰省は賑はふならむ

梅雨明けの軒に吊せる風鈴が小躍りしつつ鳴りひびきたり

肥後守何処かへ消えておはさねばカッターをもて鉛筆を削ぐ

いただきし切手の星座シリーズが夜の机上に輝きにけり

珈琲を飲みつつ何か足りないと供具《くぐ》のお菓子を失敬したり

淡泊になりてしまへり妻問へど欲しき総菜などは浮かばず

夏ばてにひるむ胃の腑を励まして夕べは早く晩酌はじむ

おふくろの天眼鏡が出で来たり占はむものもはやなけれど

銀杏（平成二十五年）

ひとつまたふたつと転ぶ黄熟の銀杏拾ふひしやぐは蹴りて

かへりみる七十余年の人生に思案橋いくつ渡りて来しか

離り住む孫の一人が病むと言ふ安穏の日にくさびを入れて

東に中秋の月上るらむ向かひの屋根のかすか明るむ

癌人《ガンマン》のトリオのひとり先立ちて残るコンビは夜をはしごす

鉢植ゑのはじけむばかりにふくらめる桔梗のつぼみが朝の日を待つ

如何にしてつひのその日を迎へむか焼酎飲みつつ盛り上がるなり

鮎

鮎簗のひとつ掛かれる大瀬川ここのほとりに長く住みにき

堰く簗をくぐり出で来る水流が石を洗ひて白くたぎてり

簀に落つる鮎をねらひて白鷺が杭一本を発ちてはもどる

簗の簀を小振りの鮎が反転し反転しつつあぎとひ光る

おのがじし上流へ向き跳ねやまず生簀《いけす》のなかの鮎は必死に

天然か養殖かなどとは問はぬなり延岡の鮎喰へばこと足る

こんがりと焼けし化粧塩削ぎ落としまさに香魚を頭から噛む

西米良

おのがじし遠近に住む孫四人年あらたまり恙なくあれ

終の日はいち年ごとの更新と思ひあらたに新年迎ふ

紅葉して華やかなりし西米良の「おがわ作小屋村」しんと冷えゐむ

西米良を椎葉へ越ゆる道の端に出遭ひし鹿も初日を浴まむ

夜の空を瞬き冴えて近づくは鹿児島へ着く最終便か

木蓮の梢に残る一枚は頑固に散らず年を越したり

ＡＫＢ48よりも若かりし彼の日の妻に年金が来る

好い加減止せばいいのに火酒飲みてのみどをいたく焼き嗄らしたり

父の忌

父の忌の二月二日は境内の梅が咲くなりカメラ携ふ

ストーブの上に置きたる草餅のかうばしく焼け餡こを噴けり

緑濃き草餅焼きて茶請けとす午前と午後のコーヒータイムに

ひさかたの日ざしのどけし糸葱《あさつき》の酢味噌和へなど肴にいいね

肌理粗く不揃ひなれどスイーツな香《かく》の木《こ》の実を朝夕に摂る

木蓮の咲きかけの蕾ことごとく喰らひ尽くせる鵯をし憎む

角ぐみて桜は早しと聞くからに静心なく花を待つなり

梱包を解きつつ早もそぞろなり「甕酣酣《かめかんかん》」を今宵は飲まむ

※甕酣酣…焼酎

母の忌

母の忌の寺の境内幟立て客待ち顔の焼芋屋をり

境内に居し焼芋屋夜の街にふたたび遭ひて負けてくれたり

「鬼平」のエンディングはた「剣客」のオープニングの桜かがよふ

食前の薬はとかく忘れがち見かねて妻が責めつつ諫む

桔梗《きちかう》の咲かむとすなり明け方を一つ二つと脹らみて来て

癌人《ガンマン》と戯れては来しが四度目は胸腔鏡下手術を受けぬ

肋間に痛痒残り詮方なし胸腔鏡下手術の痕は

肋間のこの痛痒を如何にせむ腕が振れない肌着が擦る

望の月

電線の上にかかれる望の月貌がゆがめり不機嫌ならむ

ぎこちなき歩みの烏「青」の間に横断歩道を渡りきりたり

生垣が四方を囲む荒屋なり盆と暮れには剪る大仕事

夜の窓を守宮が二匹走りたり倉庫に棲みて時に目が遇ふ

この庭に幾匹棲むか肌へ照る蜥蜴が日中を右往左往す

日盛りの庭を忙しく横切りて蜥蜴奔れりますます暑し

つつと來てつつと去りゆく蜥蜴なり日の真つ盛り灼ける庭面を

牧水（平成二十六年）

耳川は大きく蛇行蛇行して秋晴れの下豊かに青し

耳川の蛇行に沿ひて牧水の生まれの里の坪谷へ入る

牧水の生家の前の川淀に鮠かをりをりうろくづ光る

山陰の牧水生家南より秋の日差して障子明るし

坪谷小全校児童がステージに声伸び伸びと「牧水」唄ふ

ボウリング

亡き母が涼みてゐたる縁側に吾はも座る齢となりぬ

アベレージ今夜も低きボウリングに鬱憤晴れずスナックへ入る

晩酌の一品とせむ銀杏を朝々拾ふウォーキングなり

いよいよに老いさらぼへて詮もなし睫毛減りしかお湯が眼に入る

毛髪の強く豊けき若き日を禿なでつつ偲びてゐたり

いづくより撮るがベストか高千穂峰《たかちほのみね》を見放けて新春迎ふ

ヤクルト

カワハギのひとひらづつを緑濃き大葉に包むけふの肴は

ヤクルトの蓋が上手に剝げたからけふは好《い》い目にであひさうなり

然りげなく〈短歌〉にもふれ経過聞く呼吸器外科医は画像を視つつ

父親が春より育児休暇取る初の男孫の成長を待つ

陰ながら凜然と立つ水仙のひと叢はあり二月を迎ふ

白アリの棲みて傾くあばら屋に似たる命か紅梅かをる

喜寿

既往症重ねかさねて生きてきぬ喜寿となりたり励まざらめや

わが喜寿を祝ぐと四人の腰折れの不良老人熊本に寄る

牧水の郷の焼酎「あくがれ」を今宵は選りて一杯二杯

終活の手始めとしてタンスより古き靴下捨てむと選ぶ

午年の御利益有らむアスパラをまぐさのごとく妻はたひらぐ

日本一の連覇をしたり宮崎牛口蹄疫より復興ののち

都井の岬

駿馬には縁なき素生日向なる都井の岬の馬を愛さむ

道端にひねもす草をはむ馬が胴をふるはす蠅を嫌ひて

丘の草はみつつ移る野生馬の背かがやきてもはや夏なり

三方《さんぼう》がひしやげる程の糞放りて馬は涼しく尻尾振りたり

春駒の足ひよろ長したどきなく歩を運びつつ親馬につく

熱燗の二合も飲めなくなり果てて牛飲馬食の日を懐かしむ

地下足袋

剪り過ぎし生垣の秀に若枝《え》出て悔い少しづつ軽くなりゆく

右下顎側歯折れたり晩酌の心地やうやくよきころほひに

地下足袋の小鉤かけつつ迷ひゐし庭草抜かむ心さだまる

地下足袋を履かば部屋には上がれぬとケイタイ、眼鏡を縁側に置く

ミニトマトのつぶらつぶらの輝きて熟れてゆくなり梅雨まだ明けず

降り出でて木蓮の葉を打つ雨音の胃の腑に刺さる思ひこそすれ

庭隅の高砂ゆりの伸び伸びて一会の夏の咲く日待たるる

年金の暮らしとなりて長きかな妻を窺ひ肴を選ぶ

少しづつ物分かりよくなる孫が帰らむきはにベソをかくなり

フォックスフェイス（平成二十七年）

ぬばたまのクロネコ来たり台風をつきて不急の品をも届く

晩秋の揚羽は何がな忙しくて木槿の花をつんつん移る

疎雨過ぎて日差し強けど玉すだれサフランモドキの涼しくひらく

玉すだれサフランモドキの花咲きて庭の一隅秋づきにけり

級友のひとりの訃報またも来て吾が晩年も促々と来る

再三の台風に耐へ傾けどフォックスフェイスのその実色づく

拳骨をかざすかたちにふくらみて狐の色にツノナスは熟る

力士の鬢付け

彼岸花咲く田園を駆けてゆく火野正平をあした楽しむ

消費税八パーセントの世になりて一円玉の旅せはしなし

場所終へて故郷《くに》へ立ち寄る少年か鬢の香たたす博多のホームに

博多より熊本までを存分に若き力士の鬢付け嗅ぎぬ

鬢付けの甘きかをりのよろしくて若き力士の出世を願ふ

宮柊二歌碑

船島へ渡る汽船の船長は若き女性と着きて知りたり

宮柊二歌碑の寂びたり朝日差す門司城跡に鶫さわぎつつ

梅檀の木の間より降る朝光に歌碑を流れし酒かをるなり

新聞の訃報の欄の享年に吾の余命を朝あさ計る

河鹿鳴くその声色を懐かしむ木原昭三さん逝きしを聞きて

餅搗きを止めて久しも庭隅に石臼ひとつ雨水を溜む

方形の豆腐の上にしよこしよことしやうゆ垂らして晩酌はじむ

癌五つ

腎、舌、胃、肺、咽喉と発症しガン細胞の培養器なり

放射線治療受けつつ七十八歳残んの人生徳俵なり

荒巻の不死鳥説もここまでか癌五つ目に気力折れたり

ガンガンガンガンガンと数へて五つまで癌わづらへば老衰はなし

遅きには失したれども禁煙に断酒の日々の淡々と過ぐ

ニット帽ベンチコートの出で立ちに手袋をしていざ塵出しへ

年の瀬に鶏の疫病起こりたり日向《ひむか》の太陽またも翳れり

公園に人影見えずフラココも回旋塔も所在なげなり

仏壇に供へむお茶を吾が前に奥さんちよつと早過ぎないか

放射線治療

放射線治療を受けて味覚なしボンタンアメも兵六餅も

放射線治療を受けて唾液腺潰されにけり飲門《のんど》の乾く

放射線治療に飲門《のんど》焼かれつつ名にし負ふ珍味の〈のどぐろ〉思ふ

ふりかけの袋求めしことあれど〈のどぐろ〉一尾未だ味はへず

病室の窓より朝夕高千穂峰《たかちほのみね》を見放けて二十日余籠もる

田の畔

踏台に足をかくればつと寄りて妻が支ふる　いつよりならむ

田の畔を踏み外したり水無月の漆黒の夜にホタルを追ひて

池水の底ひにいまだ沈きゐておたまじやくしが尾鰭そよがす

初夏の日のあまねく差せる草丘を都井の春駒親に従ふ

右頸部リンパ節切除の痕しるしあと幾年を曝して生きむ

放射線治療はひとまづ終へたれど八キロ痩せて疲れ易しも

お湯割りの電気ブランいつ杯を味はふほどは回復せしか

南関（平成二十八年）

南関も沖端も遠くなりにけりたつた一人の従兄が逝きて

南関の「曲がり索麺」いただきて凌ぎし夏もやうやく去りぬ

前脚を大上段に見栄切れど「疣むしり」とはかはいさうなり

棲みつきて何代目ならむ蹌踉けつつ守宮走れり畳の縁を

老人性白内障の手術済みこの年最後のメンテナンス終ふ

この秋もそばかすあまたのほととぎす咲くに会ひたりいのちのありて

高卒後五十余年の飲み友とかたみに不調を託ちつつ飲む

蒼天の真中を切りしひとすぢの飛行機雲が乱れそめたり

義母

新しき年を迎へてこともなし缶ビール一本の晩酌済ます

艶めきて固く実れる富有柿笊《ざる》一《ひと》盛《も》りを眼もて楽しむ

新聞をこぼれしチラシ一枚の「入院から死亡まで」が目に入る

年の瀬の夕べ前歯の一本が行方不明となりてしまへり

年の瀬に検査入院続きつつ義母のいのちのはかなくなりぬ

あしひきの一つ山越え日南の義母を見舞ふも三日もて終ふ

黄葉する公孫樹の落葉地に着かずフェンスの網に一枚かかる

癌人

癌人《ガンマン》のその名に恥ぢず五つ目の咽頭癌も小康得たり

難渋なことの一つに袖口の釦掛けあり老いにけらしな

父の忌の寺の境内去年までの凜々と咲く梅見当たらず

父の忌の寺の境内プランターにはチューリップの球根まだ眠るとぞ

華甲より傘寿の間に五つ程癌に罹りて且つ且つ生きる

今年より花粉症出で眼と鼻の不調にくはへ前歯まで欠く

眼の痒み鼻詰まりさらに前歯欠け傘寿をまへの貌悲惨なり

あと五年生きむと思へど累卵の危ふきにあり癌な目覚めそ

間引きたる菠薐草のやはらかき緑を白き豆腐とあへぬ

丈低く咲く野のすみれ撮りをれば訝るならむ人が寄り来ぬ

パソコンの不調は曰く言ひがたしこの筐体《きやうたい》を叩くならねど

家揺れてぎしぎし軋む夜の更けを寝息も深く妻安らなり

「病から詩はうまれる」とぞ五つもの癌歴あれば吾は恃まむ

※『看取り医がみた幸せと悲哀』　大井　玄著

高千穂

スーパーへ出掛ける妻に従ひて酒の肴は自分で決める

思ひ出て度遍く読む『宮柊二短歌集成』高千穂行の十首

生垣の剪定終へてと見かう見まああだねと自分をゆるす

石の上を刃物の光かへしつつ蜥蜴走りて夏盛んなり

越後三山（平成二十九年）

カッコウの鳴く声透る晩夏なり身に促々と秋はも来べし

ひと坪の庭の菜園たのしまむ茄子またオクラの花を数へて

魚野川越後三山にまみえたり火野正平の「心旅」にて

魚野川河畔に寝ねて雪残る越後三山を仰ぎし日ありき

露深き朝ひろひし銀杏の五つ六つが前菜に出る

焙りたる銀杏割りて皮を剝きエメラルドグリーンの前菜を愛づ

つれづれに「死語読本」を開きたり「頼信紙」あり「私雨《わたくしあめ》」あり

いただきし柚子を搾りて味はひぬ面相怪異の鮟鱇の鍋を

虫の音のみやびにあらずガチャガチャが住宅団地の草むらに鳴く

ははそはの

ははそはの妣へまうけし手摺りなり木肌温とく触りよろしも

トイレへと妣が使ひし手摺りなり立ち居にふともこのごろ頼る

かぎろひの春を迎へて傘寿なりこのひととせを恙あらすな

宥めつつ鎮めつつ来て愛しきやし前科五癌が傘寿を迎ふ

五つ目の癌を鎮めて平均の八十歳にたどり着きたり

ひとつ果て金婚式まであと二年妻の願ひぞ生きざらめやも

生るままに放置されたる柿の実を気ままにつつく烏羨しも

そこここに蕗の薹あまた出で来しがお隣なれば撮るにとどめぬ

大淀川ひとつはさみて枯れ枯れの田の面の果てに霧島かすむ

白髪染め止めしころよりわかくさの妻の猫背のややにすすめり

友の死

スーパーの二十パーセント引きなる肴もて妻が不在の夕べを済ます

年ごとに友人知人の先立ちて老残なれば喪服が重し

しばらくの無沙汰を詫びし寒中見舞ひ生前の彼には間に合はざりしか

先立ちし一人を送ると集ひ来て消息のなき友の死も知る

気に入りて遺影と決めし一葉もいささか若くなりてしまひぬ

カラオケへはたダンスへと忙しなき妻の気分はもはや寡婦なり

声帯を取ると言はれて晴天の霹靂なりこは　煙草を止めぬ

下咽頭癌術後二年がはや過ぎて余命延びたり生かされてみむ

検診に安心を得し夕べなり炭火焼きなる鶏皮旨し

鵯の来ずまつたうしたり紫木蓮つぼみより花の腐れるまでを

燭台の蠟涙を削ぎ除きたり父逝きてはや二十七年

父逝きて二十七年妣五年仏壇の金箔色黒く煤けぬ

例年の「あやめおどり」へ参加すと七十路の妻いそいそ出掛く

高校の同級生の古き友転けてそれより杖突き始む

あれこれと役を一身に引き受けて疲れ果てしか二郎逝きたり

※大辻二郎　二首

あつけなく逝きたる Niro Otsuji の残るメールを消し難くゐる

自転車

跨がりてペダルをひとつ踏み出すにハンドル振れて自転車倒す

おほよそは六十年ぶりなる自転車のふらつき走行とどまらずけり

マイカーを妻に取られて傘寿なる夫はふらふら自転車を漕ぐ

向かひ風はた追ひ風を知る余裕無くて必死に自転車を漕ぐ

新しき畳の表うす青く昼寝さそひて藺草のかをる

疎開時の少年磯に採りてゐき夕べの当てに「亀の手」を買ふ

芋捏ねて味噌と合はせる芋のぬたとろりと甘く喉《のみど》に優し

缶ビール一個の当てに午後食べし西瓜の皮の浅漬けを嚙む

台風（平成三十年）

腹見せて守宮二匹があらそへり夜の窓に来し蛾を捕らへむと

縄張りを侵したらむか路上にて鴉三羽が一羽を突く

台風の三号四国へ駆け去りて簾二枚を掛け直したり

マグコロール二リットルを飲み干して大腸癌の嫌疑を晴らす

ひと坪の菜園に穫る茄子ピーマン夫婦ふたりは持て余すなり

台風の雨水たまる石臼に青紫蘇の穂の花屑が浮く

台風をしほに風鈴しまひたり恙なくしてひと夏過ぎぬ

台風に落ちし銀杏拾ひたり夕べ焙りて緑玉を愛づ

新燃岳

新燃岳《しんもえ》の噴火警戒レベル３六年ぶりなり降灰おそる

新燃岳の降灰屋根に積もりてももう下ろせない六年老いて

妻の里廃家の庭に残りたる柿の木明かるあまた実りて

里の柿三十あまりを軒下に暖簾作りて妻は掛けたり

蔕ばかり残る柿の枝ひと棲まず三年となり義母の忌に来ぬ

古希、喜寿といつきに過ぎて傘寿越え前科五癌が生かされてゐる

あと幾首詠めるだらうか傘寿なる前科五癌が終の日までに

傘寿まり一歳となる畏れ来し下咽頭癌の術後三年

前を行く吾が自転車を危ぶみて軽自動車が追ひ越せず従く

八十一歳

冬の間は日陰ばかりの庭の畑意欲失せれどレタスを植ゑぬ

相部屋のひと夜ありしが長田健はや亡き人と誌上にて知る

重箱の隅に御座せど寒天の透明感が吾の目を引く

木蓮のつぼみ間もなく開かむか鳴き声あぐるひよこのやうに

五つまで癌を癒やして存へり八十一歳のけふ誕生日

四歳児

目が合ひて踵を返す野良猫にわれの毒気を読まれてしまふ

掃除機を引き回しゐし四歳児このごろフィギュアの怪獣に凝る

灰汁抜きの糠に加へて木の芽まで添へたる初の筍届く

うどん屋の順待ちの椅子譲られて時の間なれど戸惑ひにけり

花と鈴を満艦飾の馬一頭ジャンカジャンカと境内を練る

硫黄山噴火の灰が昼ながら空を暗めてしんしんと降る

屋上の駐車場なり折からの風につむじを巻きて火山灰舞ふ

祝古屋

ぼうぼうと蛍袋の咲きたけて五月更けつつ梅雨に入るとぞ

庭隅に馴染む石臼湧きやすきぼうふら防ぐと雨水を干す

苔むして寂びる石臼手伝ひて餅をつきたる少年時あり

短歌の友隈本さんを見送りぬジャカランダ咲く南郷町に

胃、腎盂、右肺扁平上皮ほか二つ癌再発の徴候なしと

祝古屋に「くずきりそうめん」の幟揺れ祝吉町の梅雨は明けたり

祝吉の梅雨は明けたり「六月燈《ろくがつとう》」の幟立て並め産土まつる

葛きりを水と氷に合はせつつオンザロックを懐かしむなり

蓮の花（平成三十一年・令和元年）

明け切らぬ朝靄のなかいままさに開かむとする蓮の花撮る

吾が背丈越ゆる高さに蓮の花開かむとして垂直に立つ

花びらの散り尽くしたる蓮の花蜂巣のやうな果托を残す

台風のなごりの風に夜半を鳴る軒の風鈴明日は仕舞はむ

両腕に赤あざ幾つ腰痛に副作用無き鎮痛剤欲し

口開けて眠る人あり助手席にわが運転をつゆ疑はず

ソフトテニス

真面《まとも》より声は給はれ振り向けば尻餅を搗くほどに衰ふ

下咽頭癌術後はもはらブランデー、ビールを少し焼酎飲めず

禿頭に用はなけれど手搾りのカタシ油の小瓶いただく

禿頭のピカリといづれ艶の良く重き一個の柿の皮剝く

後遺症くさぐさあればボウリング、ソフトテニスを去年をもて止む

おのがじし鮠は泳げり自転車を止めて見下ろす橋の真下を

お隣の臘梅を愛づ吾が庭のそれは切り株遺すのみにて

丹田に力を込めて漕ぎ出す赤きボディーの「ママチャリ」なれど

ダイエーがイオンとなれど屋上に霧島山の四季を遠見す

新春

祝吉の公民館の社にて八十三歳の初詣をす

新春を企業説明受けしとふ径いつぱいの集団に遇ふ

麦青む畑はなけれど如月の空の高みに告天子《ひばり》は啼けり

年どしに確定申告還付金少なくなりて弐千壱円なり

この年も花の季まで生き得たり腰を伸ばして桜を仰ぐ

ストーブの上に置きたる屑芋に焚火の煙のよみがへり来も

その梢が引き込み線にかかるゆゑ今年限りの木蓮咲けり

さびれたる冬の公園池の面にあまた浮き来る真鯉の口が

お買物袋片手にペンギンの歩みもてあさるスーパーの棚を

頻尿に効き目なければど落ち着くと医師を慰め薬は替へず

霧島山

にはか雨あがりて雲の切れる空ここぞと湧きて薄翅黄《ウスバキ》の飛ぶ

くつきりと稜線見えぬ不満あり霧島山はいつも霞みて

南東のわが家より見る霧島が容姿端麗器量よしなり

「コスモス」に掲載の歌吾が前の宮添忠三の名前消えたり

定期的再診検査は異常なしペンギン歩きにて何時まで生きむ

昼食のカレーライスのひりひりを露けき一個の枇杷もて癒やす

皮をむく手をグショグショに貪れりのみど癒やすと一個の枇杷に

けふよりは時報替はりてホトトギス部屋にひびけり六月に入る

ジャカランダ咲く

朧たける鶯の声ひびくなり都井の岬の丘の裾辺に

道に出て傍らの草食む馬のいつも穏しき瞳に遇へり

岬より海沿ひを駆り南郷のジャカランダ咲く丘に憩へり

うすめたる漂白剤をスプレーす蛞蝓グニャリででむしコロリ

ちちのみの父の没年八十にたどり着きたり癌五つ経て

杖つきて颯爽とまではいかねども酒場へ行かむ命のあれば

金木犀（令和二年）

ステージのライト及ばぬ片隅のバックコーラス歯並みの白し

コンクリの壁に当たりて死にたるか一羽メジロの骸を拾ふ

杖つける前傾姿勢の疲れしか路面に直接スライディングしぬ

舗装路に顔すりつけて哀れにも大きく痛き勲章残す

踏み入れる稲田の畦の歩にあはせバッタ、イナゴの逃げ惑ふなり

余りにも剪り詰めたのかこの秋を金木犀は沈黙したり

パソコンに検査結果を示されて下咽頭癌の予後を喜ぶ

隼人瓜あまりに多くなるゆゑに馬鹿瓜とまでいはれてしまふ

わたくしが自転車漕ぐこと熊本にて伊藤一彦聞きしと言へり

五十代早も迎へし長男が青太マラソンを楽しむと駆く

※青島太平洋マラソン

往復の坂を一気に漕ぎ上げて下りは帽子を抑へて飛ばす

大相撲観戦しつつ枡席に若き和装の婦人を探す

金柑

待ち待てる蕗の薹出づ鵯の集ひて荒らす金柑の根に

近寄ればさつと飛び立つ鵯よ盗りし金柑大切に喰へ

節分にピーナツ八個いただきぬ八十三歳一個十歳なり

還付金千五百円を得るために確定申告四苦八苦せり

八十三歳おとろへけりな右往してまた左往して用をし果たす

舗装路に濡れ羽の烏死にてをり鳥ウイルスのためかと恐る

ブロイラー十二万羽の殺処分埋却二十時間かかると

下咽頭癌

背の縮み腰は曲がれど見る度に手足の爪は実直に伸ぶ

鶫は「空飛ぶねずみ」の謂ひあるに妻は蜜柑の輪切りもて誘ふ

小兵衛の肴の蘊蓄聞き飽きて「剣客商売」の数コマ跳ばす

駅前の食堂かつては賑はひき都城駅はキヨスクも退く

寝につかむ呪ひとして繰り返す「いろはにほへと」「色は匂へど」

柊二師の宿舎に来たり「刈り干し」を張りある声に古西歌ひき

柊二師に見えしひとり高千穂の古西キヌ子も逝きてしまへり

前科五癌の最後の下咽頭癌癒えて五年経過し医師も喜ぶ

下咽頭癌術後五年を異常なく診療終了と今日つげられぬ

あとがき

荒巻和雄は日南市で教職に就いた頃から朝日歌壇に投稿し、宮柊二選に載り「コスモス」短歌会に入会、日南市内での短歌会にも参加していたと聞いております。

その後、勤務した県立延岡養護学校は、宮崎県内各地から入学する児童生徒のための寄宿舎があり、私は寮母として勤務していました。その職場では五人ほどで短歌ノートを回覧し、短歌を学んでおりました。それが縁で荒巻と結婚し、その後、三人の子どもに恵まれましたが、子育てに追われ、短歌から遠ざかっておりました。都城市に落ちつき、子どもに手がかからなくなった頃「そろそろ短歌をもう一度始めたら」という夫の言葉を機に作歌を再開し、昭和六十三年に夫と同じ「コスモス」短歌会に入会しました。

月に一度の「コスモス」支部歌会は、国富町の会員が多いこともあって、都城市から一時間かけて夫婦で通いました。新年歌会や中山貫詞の歌碑の前での観桜歌会、国富ふれあい短歌大会、忘年歌会などに参加しました。三十年以上、国富に通い、夫がお酒を飲むと帰りは私の運転で帰宅しておりました。今思えば貴重な思い出です。

夫は「コスモス」短歌会宮崎支部の支部長を五十年以上続けました。短歌会の前には会員の短歌の原稿を入力し、印刷して発送するのが恒例の仕事でした。新し物好きで当初はワープロを使っていましたが、パソコンを買うのも早かった覚えがあります。パソコンに換えてからはデジカメで撮った写真に短歌を添えてパネルを作ったり、年賀状や葉書の挨拶状を作ったりして色々な方へよく送っておりました。

また、全国大会や九州大会にも夫と二人で毎年のように参加し、全国や九州の会員の皆様と親しく出会えたことは今でも私の宝となっています。

夫の父は福岡県柳川市沖端の出身でした。宮柊二の師、北原白秋の故郷であり、夫が「コスモス」に入会したきっかけにもなりました。夫の母は踊りを嗜み、長く元気でしたが、晩年は足が弱り、短歌大会などに出かける時はショートステイに頼みました。夫と二人で迎えに行くと「もう用事は済んだね」と嬉しそうな顔が思い出されます。

夫は六十四歳の五月に最初の腎盂癌が見つかり入院し右腎臓摘出手術、その後、舌癌が見つかり日帰り手術、さらに胃癌、肺癌、咽頭癌を発症し、その後五年ほどは小康状態でした。その間、四人の孫の成長を見守りながらソフトテニスやボウリングなども楽しみ、ハワイや韓国などへの海外旅行にも行きました。

コロナワクチンは四回接種、副反応もなく週二回のリハビリに励んでおりました。

令和四年の夏に肺炎で入院、退院後は訪問看護の点滴・酸素吸入などを受けておりましたが、同年九月二十六日に自宅で家族に見守られて安らかに天寿を全うしました。

夫のパソコンに残っていた六百首余りを佐賀の小嶋一郎氏にお忙しい中、選歌をお願いし、帯文もいただきました。家族として残したい歌と併せて四百九十四首になりました。

歌集名は「癌人《ガンマン》のうた」としました。夫が晩年、癌と闘う自分自身を揶揄しながら、たびたび歌にこの造語を使っていたことを思い出すからです。

せとぎはの癌人《ガンマン》ならばその癌を仕留むべしとふ励ましに遇ふ
癌人《ガンマン》と戯れては来しが四度目は胸腔鏡下手術を受けぬ
癌人《ガンマン》のその名に恥ぢず五つ目の咽頭癌も小康得たり

「コスモス」短歌会の方々、宮崎支部会員の方々にも大変お世話になりました。夫に代わり厚くお礼を申し上げます。また、この遺歌集出版に際しては、柊書房の影山一男氏に細かいご助言と多くのご配慮をいただきました。心からお礼を申し上げます。ありがとうございました。

そして遺歌集出版に賛同し、励まし、協力してくれた子どもたちにも感謝します。

令和五年　五月

荒巻睦代

略歴

昭和十二年二月二十二日　宮崎県小林市に新一、シヅカの長男として生まれる。
昭和三十四年三月　宮崎大学学芸学部（現教育学部）卒業。
　同年四月　日南市立榎原小学校奉職。二二歳
昭和三十六年　「コスモス」短歌会入会。二四歳
昭和四十年四月　串間市立市木小学校転任。二八歳
昭和四十二年四月　日南市立細田小学校転任。三〇歳
昭和四十三年四月　宮崎県立延岡養護学校転任。三一歳
昭和四十四年十月　安楽睦代と結婚。三二歳
昭和五十年五月　宮崎で「コスモス」全国大会後、師宮柊二を高千穂に案内。
　三八歳
昭和五十六年四月　宮崎県立日南養護学校転任（単身。家族は都城市で父母と
　同居）。四四歳
昭和五十八年二月　第一歌集『環境』上梓。四六歳

昭和六十三年四月　宮崎県立清武養護学校転任（都城市より通勤）。五一歳
平成元年四月　宮柊二歌碑日之影町建立。除幕式参列。五二歳
平成二年二月　父新一、寂。八十三歳。五三歳
平成四年四月　宮崎日日新聞「学園歌壇」選者となる。（十二年間）五五歳
平成五年四月　宮崎県立都城養護学校転任。五六歳
平成九年三月　第二歌集『楕円の月』上梓。
　宮崎県立都城養護学校退職（以後平成十三年三月まで講師として同校に勤務）。六〇歳
平成十三年五月　最初の腎盂癌見つかり入院手術する。六四歳
平成十六年四月　宮崎日日新聞「歌壇」選者となる。（十一年間）。六七歳
平成十八年十一月　胃癌見つかり入院手術する。六九歳
平成二十年十月　第三歌集『ポピーが笑ふ』上梓。七一歳
平成二十二年三月　母シヅカ、寂。九十九歳　七三歳
平成二十三年十一月　宮崎県歌人協会会長となる。（以後二期四年）七四歳
平成二十五年六月　肺癌見つかり入院する。胸腔鏡下肺の切除をする。七六歳

平成二十七年一月　咽頭癌見つかり放射線治療（三月まで）。六月に咽頭癌入
　　　院手術する。七八歳
令和元年十月　金婚式に出席する。八一歳
令和二年八月　脳血管に三ミリの瘤見つかる（一年後の検査予約）。
　　同年十月　半日型リハビリテーションに通所開始（週二回）。八二歳
令和三年八月　脳のＭＲＩ検査をする（一年後の検査予約）。
　　同年十一月　介護認定1、歩行器の利用を始める。廊下、トイレ、浴室に
　　　手摺りをつける。八三歳
令和四年一月　理学療法士の訪問利用（週一回）。
　　八月十七日　肺炎で入院する。コロナ禍の最中、三週間面会できず。
　　九月八日　本人の強い希望で退院。医療訪問看護始まる。
　　九月二十六日　永眠。八五歳

コスモス叢書第一二二五篇
歌　集　癌人《ガンマン》のうた
二〇二三年六月二〇日発行
著　者　荒巻和雄
〒八八五－〇〇一九
宮崎県都城市祝吉一－二〇－三
定　価　二五三〇円（税込）
発行者　影山一男
発行所　柊書房
〒一〇一－〇〇五一
東京都千代田区神田神保町一－四二－一二　村上ビル
電話　〇三－三二九一－六五四八
印刷所　日本ハイコム㈱
製本所　㈱ブロケード

ISBN978-4-89975-434-3